LA TERRIBLE
ET MERVEILLEUSE VIE
DE ROBERT LE DIABLE,

Lequel après fut Homme de Bien.

A TROYES,
Chez GARNIER, Imprimeur-Libraire rue du Temple.

Avec Permission.
1738

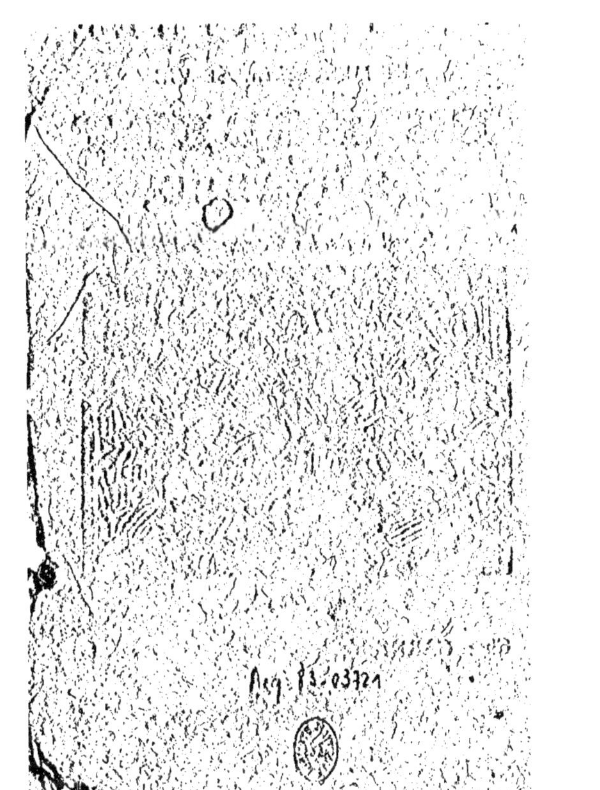

LA TERRIBLE ET MERVEILLEUSE VIE DE ROBERT LE DIABLE.

Déclaration au nom de Robrrt le Diable.

DAns la Ville de Rouen au pays de Normandie, naquit un Enfant qui fut nommé Robert le Diable, qui est un nom fort épouventable; mais la cause pourqoi il fut ainsi nommé, je le vais présentement declarer.

En ce temps il y avoit un Duc en Normandie, vaillant & valeureux, doux & courtois, lequel craignoit Dieu, faisoits faire bonne Justice à chacun, pieux, plaisant à Dieu & au monde, étoit appellé Hubert. De ces geste, & vaillance il fut fait mention en plusieurs chroniques anciennes, tant il y avoit de biens & de vertus en lui, qu'il seroit presqu'impossible de les raconter. Or vint un jour de Noël que le Duc tint sa Cour à Vernon sur-Seine, à laquelle vinrent tous les Barons & Chevaliers de Normandie, & parce que le Duc n'étoit pas encore marié, les Batous le prièrent de songer au mariage, afin d'augmenter sa lignée, & afin d'avoir aussi des Successeurs après lui.

Lors le Duc voulut obtempérer à la prière de ses Barons & leur répondit qu'il feroit ce qu'il leur plairoit; mais qu'il ne pouvoit trouver femme selon ce qui lui appartenoit; car il ne convient pas d'épouser une femme de plus haut lieu que je ne suis, ni aussi de m'abaisser pour ne point déshonorer ma famille, c'est pour quoi il me semble qu'il vaut mieux demeurer que de prendre chose qui ne m'appartient pas & dont je pourrais me repentir.

Les Barons qui étoient présens ayant entendu ces choses, le plus sage & le plus ancien de la compagnie se leva & dit: Seigneur Duc, vous avez sagement parlé, mais si vous voulez me croire, je vous dirai quelque chose qui vous rendra joyeux. Le Duc de Bourgogne a une belle fille, sage & honnête qui est une chose conforme à votre état, au moyen de ce vous pourrez connoître votre honneur, puissance & alliance à plusieurs hauts & puissants hommes, si votre plaisir étoit de la faire demander, je suis certain que vous n'en aurez pas le refus. Lors le Duc répondit que cela lui plaisoit, & que c'étoit sagement parler. A cet effet il fit demander ladite Demoiselle, laquelle fut octroyée par son père. On fit aussitôt les nôces triomphantes & belles.

Comme après que le Duc de Normandie eût épousé la fille du Duc de Bourgogne, il retourna à Rouen

LE Duc ayant épousé ladite Demoiselle, il l'emmena en très-grand honneur en la Cité de Rouen, accompagnée de plusieurs Barons, Chevaliers, Dames & Demoiselles, tant du pays de Bourgogne que d'ailleurs; il fut reçu avec beaucoup d'honneur & de magnificence, & les Bourguignons firent chère entière avec les Normands qui étoient là assemblés, quant à présent je passe sous silence toutes ces choses pour continuer ma principale matière.

Le Duc & la Duchesse vécurent ensemble, sans pouvoir engendrer aucun enfant jusqu'à quarante ans, ou par leur faute, ou parce qu'il ne plaisoit pas à Dieu; car toute fois c'est grand profit à l'homme & à la femme de n'en avoir jamais crainte que par faute de doctrine & d'enseignemens, les parens & les enfans ne soient damnés, c'est pourquoi, homme ne doit demander à Dieu, sinon ce qui lui plaît & qui est nécessaire pour le salut de l'ame. Le Duc & la Duchesse étoient gens de bien, craignant & aimant Dieu, se confessant souvent de leurs péchés faisant aumônes & oraisons, se montrant doux & humains à tout le monde; de sorte que tout le bien & les vertus abondoient en eux. Le Duc prioit Dieu de lui donner des enfans, par lequel il put être servi & honoré, & lui d'y prendre plaisir; mais malgré ses prières continuelles, il ne pouvoit avoir des enfans.

Comme le Duc venant de l'ébat, se plaignoit à la Duchesse de ce qu'ils n'avoient nul enfant.

Il arriva un jour que le Duc & la Duchesse venoient de l'ébat. Et le Duc lui dit: Ma mie, nous ne pouvons avoir nul enfant; si vous eussiez été mariée à un autre, je crois que vous auriez été féconde & moi si j'eusse eu une autre femme, je crois que j'aurois eu des enfans; cependant je n'aurai point de ma vie, aucun commerce charnel avec les femmes sur non avec vous. Quand la Duchesse eût ouï ce que le Duc avoit dit, elle répondit : Sire, il nous le faut prendre de bon cœur, puisqu'il plaît à Dieu, & avoir patience en toutes choses.

Comme Robert le Diable fut engendré, & comme sa mère le donna au Diable dès son commencement.

PEu de tems après le Duc alla à la chasse fort courroucé, troublé en soi-même se complaignoit & disoit : je vois des Dames de qualité qui ont plusieurs beaux enfans où elles prennent plaisir : je reconnois bien maintenant que Dieu me hait. Mais le Diable qui est toujours prêt à decevoir le genre humain, tenta le Duc & lui troubla l'entendement, tellement que quand il fut retourné au Palais, il alla trouver la Duchesse, & après avoir passé quelque tems avec elle, il pria Dieu de lui donner lignée ; mais la Dame qui étoit en colère, dit follement : si je conçois aujourdhui un enfant, qu'il soit la proie du Diable, dès-à-présent je lui donne de bonne volonté.

Lors le Duc engendra un enfant qui fit plusieurs maux en sa vie, comme vous le verrez ci-après ; car naturellement il étoit enclin à tous vices & délits : mais toute fois à la fin il se corrigea & se convertit si bien qu'il paya une amende salutaire de ses forfaits à Dieu, & à la fin fut sauvé, comme le témoigne assez amplement l'histoire de sa vie.

Comme Robert le Diable fut né, & de la grande douleur qu'eût sa mère en son enfantement.

LA Duchesse devint grosse d'enfant, elle le porta comme les femmes ont coutume de porter leurs enfans en grande peine & douleur ; combien de fois ne l'avoit-elle pas déjà donné au Diable. A cet effet la Duchesse mit au monde son enfant avec beaucoup de peine & douleur ; car elle demeura en travail plus d'un mois, & si ce n'eut été les prières, les jeunes & aumônes que faisoit chaque jour le Duc, pour le secours de la Duchesse qu'il voyoit endurer tant de douleur ; & tant qu'elle n'a point été délivrée de son enfant, il craignoit pour sa vie dans son enfantement. Plusieurs Demoiselles qui étoient venues à l'enfantement de la Duchesse pour lui offrir leurs services, étoient étonnées de la peine & travail qu'elles lui voyoient endurer ; car elles croyoient qu'elle étoit au dernier jour de sa vie.

Des terribles signes qui furent vus à la Nativité de Robert le Diable.

PEu après que l'enfant fut né, il se forma une nu[é]e si obscure qu'il sembloit que la nuit dût arri[v]er, & commença à tonner si merveilleusement & é[c]lairer tellement, qu'il sembloit que le Ciel fut ou[v]ert, & le feu par toute la maison.

Les quatre vents furent aussi émus de telle manière que la maison trembloit, tant qu'il y tomba une grande partie de la terre. Lor[s] les Seigneurs & Dames qui étoient là pensoient tous prendre fin, vu les terribles tempêtes qui couroient alors ; mais à la fin Dieu voulut que le tems s'appaisât & fût doux & serein.

Aussi-tôt on porta baptiser l'enfant qui fut nommé Robert, & tous ceux qui le voyoient s'émerveilloient de ce qu'il étoit si grand car à le voir on eut jugé qu'il eût eu un an, il étoit nourri presqu'à demi, & en le portant & rapportant de l'Eglise, ne cessoit de pleurer & gémir ; incontinent les dents lui vinrent, desquelles il mordoit les nourrices qui l'allaitoient tellement que nulle femme ne le pouvoit plus allaiter, & on fut obligé de lui donner à boire dans un cornet qu'on lui mettoit dans la bouche; après qu'il eût un an, il parloit aussi bien que font les autres enfans à cinq plus il croissoit & devenoit grand, plus il se délectoit à mal-faire; depuis qu'il put aller tout seul, il n'étoit ni homme ni femme qui le pût tenir, & quand il trouvoit les autres petits enfans, il les battoit & leur jettoit des pierres, & les frappoit de gros bâtons en quelque part que ce fût, il ne cessoit de mal faire: il commença bien jeune à mener mauvaise vie, il rompoit les bras à l'un & les jambes à l'autre.

Les Barons qui le voyoient, disoient que c'étoit un feu de jeunesse, & prenoient plaisir à ce que l'enfant faisoit, dont après se repentirent.

Comme tous les enfans d'un accord le nommèrent Robert le Diable.

Bien-tôt après l'enfant vint en corsage grand & mauvais en courage, car on dit communément que la mauvaise herbe croît toujours. Toujours il alloit par les rues, frappant & heurtant ce qu'il rencontroit, comme s'il fût enragé; nul n'osoit se trouver devant lui.

Quelque fois les enfans s'assembloient contre lui, & le battoient: & quand ils le voyoient venir, les uns disoient voici le Diable, & s'enfuyoient de devant lui comme des brebis devant le Loup, & parce qu'il étoit mauvais, les enfans qui conféroient avec lui, le nommèrent d'un accord Robert le Diable tellement qu'il fut divulgué par tout le pays, que le nom ne lui fut changé, ni jamais ne le sera tant que le monde durera. Quand l'enfant eût sept ans, le Duc voyant ses mauvaises manières, le fit venir pour lui remontrer & dit: Mon fils, il est tems que vous ayez un maître pour vous apprendre & instruire, & pour vous mener à l'école, car vous êtes assez grand pour apprendre les honneurs, & vivre en bonnes mœurs & apprendre à lire & à écrire : & lui donna un maître, afin de le nourrir & de le gouverner.

Comme Robert le Diable tua son Maître d'école d'un coup de couteau.

ON trouva un jour le maître qui vouloit corriger Robert pour le punir de plusieurs fautes qu'il faisoit, Robert tira son couteau & en frappa son maître, tellement qu'il en mourut.

Robert en colère dit à son maître, en lui jetant son livre par dépit : Maître, voilà vot e science, jamais Prêtre ni Clerc ne sera mon maître, je vous l'ai assez fait connoître ; & depuis nul maître ne fut assez hardi pour oser entreprendre de l'instruire & châtier en aucune manière que ce fut ; mais le Duc fut obligé de le laisser vivre à sa fantaisie. Il ne se plaisoit qu'à mal faire & n'avoit aucun respect pour Dieu ni l'Eglise, & ne gardoit ni raison ni mesure ; étoit enclin à tous les vices, car quand il alloit à l'Eglise ; & qu'il voyoit que les Prêtres & les Clercs vouloient chanter, il avoit des poudres & autres ordures qu'il jetoit par grande dérision ; si quelqu'un prioit Dieu à l'Eglise, il les frappoit par derrière ; chacun le maudissoit pour les grands maux qu'il faisoit, & le Duc voyant que son fils étoit si mauvais & si mal morigné, il en étoit si courroucé, qu'il aurait voulu qu'il eût été mort. La Duchesse aussi en étoit si angoisseuse, que c'étoit merveille ; un jour elle dit au Duc : l'enfant a beaucoup d'âge & est assez grand, il me semble qu'il seroit bon de le faire Chevalier, & par-là il pourra peut-être changer ses conditions & manières : Le Duc dit à la Duchesse qu'il en étoit content, & pour lors Robert n'avoit que dix-sept ans.

Comme Robert fut fait Chevalier.

UNe fête de Pentecôte, le Duc manda par tout son pays que les principaux de ses Barons s'assemblassent, en présence desquels il appella Robert & lui dit après avoir eu l'avis de tous les assistans : Mon fils, entendez ce que je veux dire par le conseil de vos Barons, vous serez Chevalier, afin que ci-après vous fréquentiez les autres Chevaliers & prudens hommes & changiez vos conditions & ayez meilleures manières que vous n'aviez auparavant qui sont déplaisantes à tout le monde ; mais soyez doux & courtois, humble & bon, ainsi que sont les autres Chevaliers, car les honneurs changent les mœurs. Lors Robert répondit à son père, je ferai ce qu'il vous plaira : quand à moi ne m'importe que je sois haut ou bas, je suis délibéré de faire entièrement ce qu'en mon courage je pense, & ainsi que mon courage me conduira, je ne suis pas délibéré de mieux faire que par le passé. La veille de la Pentecôte fut bien veillée, mais cette nuit Robert ne cessa de frapper l'un & heurter l'autre & ne pouvoit demeurer en lieu, car il ne se soucioit guères de prier Dieu. Le lendemain jour de la Pentecôte, Robert fut fait Chevalier, le Duc fit crier une joûte à laquelle fut Robert, & il ne craignoit homme tant hardi fût-il. Il attaquoit un chacun qui étoit là les joûtes commencèrent, & l'on ne voyoit que Chevaliers tomber à terre; car Robert qui étoit plein de cruauté, n'épargnoit personne : tous ceux qui étoient devant lui, il les faisoit tomber de cheval à terre, à l'un il rompoit le col, à l'autre la cuisse. Il attendoit tout homme qui venoit joûter contre lui; mais tant y en avoit que nul n'échappoit de ses mains qu'il n'en portât la marque où aux reins, où aux cuisses, tous étoient marqués en quelque part que ce fût. il tua dix chevaux aux joûtes. Les nouvelles en furent portées au Duc qui en fut fâché: il y alla & voulut faire cesser les joûtes; mais Robert qui sembloit être enragé & hors de sens, ne voulut point obéir au Duc son père, & commença à frapper de côté & d'autre & abattre chevaux & chevaliers, tellement qu'en ce jour il tua trois des plus vaillans Chevaliers. Tous ceux qui étoient là lui demandèrent quartier; mais c'étoit pour néant, & nul n'osoit se trouver devant lui tant il étoit fort, & parce qu'il étoit si inhumain, chacun le haïssoit. On lui disoit : pour Dieu, Robert, laissez la joûte, car Monseigneur votre père a fait dire que chacun cesse, parce que plusieurs personnes de qualité ont perdu la vie, dont il est courroucé, mais Robert qui étoit échauffé & presque hors de sens, ne tenoit compte de chose qu'on lui disoit, mais il faisoit de pis en pis, tuoit tous ceux qu'il rencontroit. Robert fit tant que le peuple s'émut & vint vers le Duc, disant : Seigneur Duc, c'est grande folie de souffrir à votre fils Robert de faire ce qu'il fait; pour Dieu veuillez y mettre remède.

Comme Robert alloit par le Pays de Normandie dérobant & prenant tout, forçant les filles & les femmes.

QUand Robert vit qu'il n'y avoit plus personne aux joûtes, il s'en fut par le pays à son avenue, il commença à faire de grands maux, plus encore qu'auparavant ; car il força les hommes & viola les filles sans nombre & tua tant de gens que c'étoit pitié, & il n'y avoit nul homme en Normandie qui par lui ne fût outragé, il pilloit même les Eglises & leur faisoit la guerre incessament ; il n'y avoit aucune Abbaye qu'il ne fit piller & détruire.

Les nouvelles en furent portées au Duc, tous ceux qu'il avoit battus, détruits & dérobés se venoient plaindre & lui racontoient le désordre que faisoit Robert par tout le pays de Normandie : l'un disoit :

Monseigneur, votre fils a forcé ma femme, l'autre disoit : il a violé ma fille ; l'autre disoit : il m'a dérobé & pillé, l'autre disoit : il m'a battu & navré, c'étoit pauvre chose à raconter les maux qu'il faisoit à chacun sans épargner personne.

Le Duc qui entendoit dire ces choses de son fils se prit à pleurer & dit : j'ai une si grande joie d'avoir un fils, mais j'en ai un qui me fait tant de douleur, que je ne sais ce que je dois faire.

Comme le Duc de Normandie envoya des gens pour prendre son fils Robert, auxquels il creva les yeux.

UN Chevalier qui étoit là, voyant le Duc en cette grande douleur, lui dit : Monseigneur, je vous conseille de demander Robert & le faire venir devant vous en la présence de toute votre Cour, & lui défendre de faire mal à personne, ou autrement que vous le ferez emprisonner & ferez faire justice de lui. Alors le Duc accorda, & dit que le Chevalier avoit sagement parlé : il envoya incontinent des gens par le pays pour chercher Robert, & leur commanda de l'amener devant lui.

Lors Robert qui étoit sur les champs, sut les nouvelles que le peuple s'étoit plaint à son père, & comme il avoit commandé qu'il fut pris & mené devant lui. Et tous ceux que Robert rencontroit, même les Messagers du Duc, il leur crevoit les yeux par dépit de son père qui les avoit envoyés. Et quand il les eut ainsi aveuglés, il leur disoit par mocquerie : Galands, vous en dormirez mieux ; allez dire à mon père que je ne le méprise guères, & en dépit de lui & de ce qu'il me mande, je vous ai crevé les yeux & ainsi le devez croire ; parquoi Robert étoit haï de

Dieu & des hommes. Les Messagers qui avoient été envoyés pour amener Robert, retournèrent pleurant auprès du Duc, & lui dirent : voyez, Seigneur, comme votre fils nous a aveuglés & mal accommodés. Le Duc fut fort fâché des nouvelles qu'il avoit ouïes par ses Messagers & commença à penser ce qu'il vouloit faire & comme il pourroit venir à bout.

Comme le Duc de Normandie fit faire commandement par tout son pays, que Robert fut pris & mené en prison, lui & ses compagnons.

ALors il se leva de son Conseil & dit : Seigneurs, ne pensez plus à cela, car je vous assure, vu la grande rébellion de Robert, & de ce qu'il a fait aux Messagers & que jamais ne reviendra vers nous, nous le trouverons-nous écrit aux Loix & Droits, aussi la raison le veut & le doit faire par bon conseil, il envoya incontinent par toutes les villes du Duché, crier & publier, & faire commandement de son ordre à tous Sergens Justiciers & Officiers qu'ils fassent diligence de prendre Robert & l'enfermer ensemble tous ceux qui sont avec lui, & qui à mal faire lui tiennent compagnie. Cet édit fait & publié par le Duc, vint à la connoissance de Robert le Diable, & peu s'en fallut qu'il ne fut hors de sens, & semblablement les meurtriers, lesquels étoient en sa compagnie, & furent fort épouvantés de la criée que le Duc avoit faite. Robert presque tout enragé & hors de sens, grinçoit les dents, & jura qu'il feroit la guerre au Duc son père, & qu'il détruiroit son lignage, car le Diable l'exhortoit à ce fait.

Comme Robert le Diable fit une maison dans un bois ténébreux & obscure, & là il fit des maux sans nombre.

Robert ayant oui ces choses dont il est parlé ci-dessus, fit faire une maison forte dans un grand bois, dans un lieu fort obscure & ténébreux: & là Robert le Diable y alla faire sa résidence; & en ce lieu étoit presqu'inhabitable, merveilleux & si périlleux qu'on ne le sauroit dire: Robert fit assembler avec lui tous les mauvais garçons du pays, & les retint pour le servir, car il y en avoit de mauvais & de diverse sorte, comme larrons, meurtriers, gens pervers & mauvais, épieurs de chemins, brigands de bois & gens bannis, gens excommuniés, desireux de mal faire, gens gloutons & orgueilleux, & les plus terribles de dessous les Cieux; de tels gens Robert fit une grande assemblée, & en étoit Capitaine.

En ce bois, Robert & ses compagnons faisoient des maux innombrables & sans honte. Ils coupoient gorges & détruisoient les marchands, nul n'osoit aller sur les champs, parce qu'on le craignoit : chacun avoit peur, tout le pays étoit dérobé & pillé par Robert & ses compagnons, nul n'osoit sortir de son Hôtel, qu'il ne fût pris & ravi incontinent par eux : aussi les pauvres Pélerins qui passoient par le pays étoient pris & meurtris par ces vagabonds.

Tout le peuple le craignoit & le redoutoit comme les brebis craignent les loups, car à la vérité ils étoient tous loups ravissans & dévorant tout ce qu'ils pouvoient rencontrer. Robert le Diable mena en ce lieu une très-mauvaise vie avec ses compagnons ; à toute heure il vouloit manger & gourmander, & jamais ne jeûna tant fut grande Vigile ni Quarantaine, ni les Quatre-tems, tous les jours il mangeoit de la chair, aussi bien le Vendredi que le Dimanche : mais après que lui & tous ses gens eurent fait plusieurs maux, il souffrit beaucoup en cela, comme vous verrez ci-après.

Comme Robert le Diable tua sept hermites en un bois.

OR durant le tems que Robert le Diable étoit en ce bois avec ses meurtriers & pilleurs d'Eglises, pires que dragons, loups & larrons ; en mal il n'avoit son pareil au monde, car il ne craignoit ni Dieu ni Diable. Un jour il avoit grande volonté de malfaire. Il sortit de sa maison pour chercher quelque mal-aventure ; ou quelqu'un à qui il pût mal faire, comme il avoit coutume : Et comme il fut dans le bois, il rencontra sept hermites qu'il tua à coup d'épée, ils ne lui voulurent faire aucune résistance ; mais ils souffrirent & endurèrent pour l'amour de Dieu tout ce qu'il leur voulut faire ; puis quand il eut tout tué, il se dit en riant d'eux : j'ai trouvé une belle nichée, laquelle

laquelle j'ai bien prévu d'où elle devoit venir. Là fit Robert le Diable grand meurtre en dépit de Dieu & de la Sainte Eglise, il voulut mettre tout le monde en sa subjection. Après qu'il eut fait cette méchanceté, il sortit de la forêt comme un diable forcené, & pire qu'un enragé, & ses vêtemens étoient tout rouges & teints du sang de ceux qu'il avoit tué.

Comme Robert s'en alla au Château d'Arques, vers sa Mere qui y étoit venu dîner.

SI alla tant Robert qu'il fut auprès du Château d'Arques, mais en chemin il tua un Berger, lequel lui avoit dit que la Duchesse sa mere devoit venir dans le Château, parquoi Robert y fut; mais quand il approcha du Château, les hommes, les femmes & les petits enfans s'enfuyoient devant lui, les uns s'en fermoient dans leurs maisons, & les autres se retiroient dans l'Eglise. Alors Robert voyant que chacun fuyoit devant lui, commença à penser en lui-même, & dit en pleurant: Mon Dieu, d'où vient donc que chacun s'enfuit ainsi devant moi? je suis bien malheureux & le plus infortuné homme du monde, il semble que je sois un Loup. Hélas! je conçois bien maintenant que je suis le plus mauvais de tous les hommes. Je dois bien maudire ma vie; car je crois que je suis haï de Dieu & du monde. Dans ces sentimens Robert vint jusqu'à la porte du Château, descendit de son cheval; mais il n'y avoit homme qui osât approcher de lui pour le prendre, n'avoit de Page quo pour le servir en ses affaires. Il laissa le cheval à la porte du Château, & s'en alla à la Salle où étoit sa mère; & quand elle vit son fils dont elle savoit la cruauté, elle fut toute épouvantée & vouloit s'enfuir. Lors lui qui avoit vu comme les gens s'en étoient enfuis devant lui, en avoit grande douleur, & s'écria effroyablement a sa mere : Madame, n'ayez pas peur de moi, & ne bougez jusqu'à ce que je vous ai parlé : il approcha d'elle & lui dit en cette maniere : Madame, je vous supplie qu'il vous plaise me dire d'où vient que je suis terrible & cruel car il faut que cela procéde de vous ou de mon Pere ainsi je vous prie de m'en dire la vérité.

La Duchesse fut étonnée d'ouir ainsi parler Robert & reconnaissant son fils, elle se jetta à ses piéds & lui dit en pleurant, mon fils, je veux que vous me coupiez la tête ; car elle savoit bien que c'étoit par elle que Robert étoit si méchant par les paroles qu'elle dit en sa conception. Alors Robert lui répondit ; hélas ; Madame, pourquoi vous occirois-je, moi qui ai tant fait de maux ! je ferai pis que jamais & pour tous les biens du monde je ne le ferois pas. Lors la Duchesse lui récita comment cela lui étoit arrivé, & qu'avant qu'il fut conçu elle l'avoit donné au Diable & qu'elle se croyoit la plus malheureuse de toutes les femmes ; & que peu s'en falut qu'elle se désespérât. Quand Robert entendit ce que sa Mere lui disoit la douleur que ce récit lui causa la fit évanouir, puis il revint pleurant amérement & dit : les Diables ont grande envie d'avoir mon corps & mon ame ; mais dès-à-présent je veux cesser de faire mal, renonçant à toutes les œuvres du diable ; puis il dit à sa Mere. Ma très-honorée Dame & Mere, je vous supplie humblement de vouloir bien me recommander à mon Pere, car je veux aller à Rome pour me confesser des péchés que j'ai fait ; car jamais je ne dormirai en repos jusqu'à ce que j'y aie été ; mon Pere m'a fait bannir de tout son pays, & toujours m'a mené grande guerre ; mais je me soucie peu de cela : car je n'ai jamais voulu amasser des richesses, & je suis délibéré du tout à faire pour le salut de mon ame, & avant cela je veux employer mon temps & mon entendement.

Comme Robert quitta sa Mère, qui en mena grand deuil.

Robert monta à cheval, & retourna vers ses gens qu'il avoit laissé dans la Forêt, & la Duchesse demeura en son Hôtel, & faisoit grand deuil pour l'amour de son fils qui avoit pris congé d'elle : souvent s'écrioit à haute voix, hélas! que j'ai de douleur! que ferai-je? mon fils Robert n'a pas tort s'il n'accuse que moi, car il me hait & me veut du mal parce que je suis la cause de tant de maux qu'il a fait. Tandis que la Duchesse menoit grand deuil; le Duc arriva & quand il fut auprès d'elle, elle lui raconta tristement ce que Robert avait fait, le Duc lui demanda si son fils se repentoit du mal qu'il avoit fait. Oui dit la Duchesse; lors le Duc soupira & dit c'est pour néant ce que Robert fait; car il ne pourra jamais réparer les plus grands dommages qu'il a fait par le pays, & toutefois je prie Dieu de le vouloir conduire de telle façon qu'il puisse venir à bonne fin; car je ne crois pas que jamais il puisse venir s'il se met en chemin d'aller à Rome, & qu'il mourra si Dieu n'a pitié de lui.

Depuis que Robert partit d'Arques d'avec sa mère, il chemina tant qu'il arriva dans le bois où il avoit laissé ses compagnons, qui étoient tous à table & dînoient : quand ils virent Robert, ils se levèrent tous pour lui faire honneur, mais Robert commença à leur remontrer leur vie perverse & mauvaise, en les voulant corriger des maux qu'auparavant ils avoient fait, & leur dit pour l'amour de Dieu, compagnons, entendez bien ce que je veux vous dire ; vous savez & connoissez la détestable vie que nous avons menée le tems passé, vie dangereuse pour nos corps & nos ames, vous savez combien d'hôpitaux nous avons détruits & ruinés, tant de bons Marchands volés & tués, tant de gens d'Eglises & plusieurs vaillans hommes par nous ont été mis à mort, & desquels le nombre est infini, parquoi nous sommes tous en danger d'être damnés si Dieu n'a pitié de nous, mais je vous supplie pour l'amour de Dieu que ce soit votre plaisir de laisser ce dangereux train, & que nous fassions pénitence des péchés que nous avons commis ; car quand à moi je suis délibéré d'aller à Rome pour confesser mes péchés, espérant obtenir pardon, & ferai pénitence de tous les péchés que j'ai commis.

Alors un des larrons se leva comme un fou & tout hors de sens il dit à ses compagnons : avisez le Renard, il deviendra Hermite, Robert se mocque bien de nous, il est notre Capitaine & notre maître & c'est lui qui fait pire que nous autres, & qui nous montre le train ; que vous semble de ceci ? durera-t-il dans cette résolution ? Seigneurs, dit Robert, je vous supplie de bon cœur de ne point dire ces choses ; mais pensez au salut de vos ames & de vos corps ; demandez pardon à Dieu tout puissant, il aura pitié de vous, ce seroit une grande erreur de demeurer en cet état, & employez vos œuvres à honorer & servir Dieu, afin de le fléchir & de changer de vie.

Quand Robert eut dit ceci un des larrons lui dit : Notre Maître, laissez ces choses ; car vous parlez en vain, quoique vous puissiez dire & faire, nous n'en ferons jamais autre chose, & soyez assuré que telle est notre intention, à cela nous sommes obstinés ; nous ne demeurerons jamais en paix, ne cesses rons de mal faire ; car nous ne changerons jamais. Tous les autres qui étoient là dirent d'un commun accord. Il est vrai, car pour vie ni pour mort, nous ne changerons point, nous l'avons ainsi conclu entre nous, car c'est de notre volonté.

Comme Robert le Diable assomma ses compagnons.

ROBert ayant entendu ce que les larrons disoient en fut fort courroucé, & dit : si ces Ribauts demeuroient en telle opinion, ils feroient encore beaucoup de mal. Il se retira vers la porte de la maison ; la ferma, prit une grosse massue, en frappa un des vagabonds de telle sorte qu'il tomba mort, seulement que sur les différentes raisons, il les assomma tous l'un après l'autre.

Quand Robert eût ainsi assommé ses gens, il dit en lui-même : Galands, je vous ai bien guerdonné, parce que vous m'avez bien servi ; qui bon Maître sert bon loyer en attend. Robert pensoit qu'il mettroit le feu à la maison ; & s'il n'eût vu qu'il y avoit tant de bien que le feu gâteroit & qui ne feroit jamais profit à personne, il auroit mis le feu en toute la maison ; il ferma la porte & emporta la clef avec lui.

Comme Robert s'en alla à Rome pour avoir le pardon de ses péchés.

ROBert s'en alla à Rome pour parvenir à son propos, & chemina tant par ses journées, qu'il y arriva le Jeudi-Saint, qui étoit un bon jour pour se confesser & mettre en bon état. Je vous prie de vouloir entendre ce qui suit, & vous entendrez merveilles de l'extrême pénitence que fit Robert, ainsi qu'il plut au St. Pere lui enjoindre pour ses péchés. Robert arrivé à Rome changea tout son courage, tellement qu'il fut fort prud'homme, & pour le grande bonté qui étoit en lui, l'Empereur de Rome qui y étoit alors, lui donna sa fille pour femme & l'emmena au pays de Normandie; mais avant il fit pénitence l'espace de sept ans, comme vous le verrez ci-après.

Comme Robert arriva à Rome.

QUand Robert fut arrivé à Rome, le Pape étoit en l'Eglise de S. Pierre, faisoit le service divin comme il est accoutumé de faire en ce jour, s'efforça d'approcher auprès de lui : les Ministres & plus proches du Pape étoient tous courroucés de ce que Robert vouloit s'ingérer, s'approchérent de lui & plusieurs de ceux qui le voyoient frappoient sur lui. Mais plus ils frappoient, plus il avançoit, & fit tant qu'il arriva où étoit le Pape, il se jetta à genoux & à ses pieds, en criant à haute voix : S. Pere, ayez pitié de moi; ce qu'il répéta plusieurs fois, & ceux qui étoient auprès du Pape étoient fort courroucés de ce qu'il faisoit si grand grand bruit, & le vouloient chasser, mais le S. Pere voyant son ardent desir, en eut pitié & dit à ses gens, laissez-le entrer : par à ce que je vois il a grande dévotion & commanda de faire silence afin qu'il put mieux entendre ce qu'il vouloit dire. Lors Robert parla au Pape, & lui dit : S. Pere, je suis le plus grand pécheur du monde : le Pape le prit par la main & le fit lever, puis lui demanda : que voulez-vous? pourquoi pleurez-vous ainsi? Ah! St. Pere, dit Robert, je vous prie qu'il plaise de m'ouir en confession, car si n'ai l'absolution de vous de tous les péchés que j'ai fait, je suis éternellement damné ainsi que l'on me l'a dit, & si j'ai grande peur en moi que le Diable ne m'emporte, vû les terribles & énormes péchés dont je suis rempli, plus que nul homme du monde, & pour ce que vous êtes celui qui avez la puissance de donner confort & aide à ceux qui en ont besoin, je vous supplie très-humblement en l'honneur de la Sainte Passion de Dieu, qu'il vous plaise me purger & nettoyer de mes maux, & des péchés que ma conscience me reproche, & par lesquels je suis tant vil & abominable, plus que l'est un Diable. Quand le Pape l'ouit ainsi parler, il se douta que c'étoit Robert le Diable, & lui dit, Beau-fils, ne t'appele-tu pas Robert, duquel j'ai tant oui parler? Oui dit Robert.

Alors le Pape dit: tu auras l'absolution mais je te conjure par le Dieu vivant; que tu ne fasse mal ni dommage à personne; le Pape & ceux qui étoient là furent épouvantés de le voir. Aussi-tôt Robert s'agenouilla devant le Pape en grande humilité, contrition & repentir de ses péchés, & dit: A Dieu ne plaise que je fasse mal ni dommage à personne qui sont ici ni ailleurs, tant que je peux m'en tenir.

Le Pape se retira à part, & fit venir Robert devant lui, lequel se confessa humblement, lui déclara comme à sa conception, sa Mere étant courroucée l'avoit donné au Diable, disant qu'il en avoit une grande douleur & une grande crainte.

Comme le Pape envoya Robert à trois lieues de Rome vers un Saint Hermite pour avoir pénitence de ses péchés.

ET quand le Pape l'entendit ainsi parler, il s'en émerveilla, & fit le signe de la Croix sur lui, puis lui dit: il faut que tu t'en aille à trois lieues d'ici: auquel lieu tu trouveras un Prêtre qui est confesseur, & à lui tu te confesseras de tous tes péchés que tu as fait, & tu lui diras qu'il te donne pénitence, & lors que tu as péché, celui que je te dis est plus prud'homme & le plus Saint qui soit aujourd'hui sur la terre. Je suis sûr qu'il vous confessera & absoudra. Robert répondit au Pape; je le ferai volontiers; puis prit congé de lui, disant: Dieu veuille que je puisse faire le salut de mon âme. Ce jour passa & Robert demeura à Rome parce qu'il étoit presque nuit.

Le lendemain au matin il se leva, & se mit à cheminer pour aller vers l'Hermitage auquel le Pape l'envoyoit vers lui pour le confesser.

Alors l'Hermite lui dit; soyez le bien venu; & quand ils eurent un peu demeuré ensemble, Robert commença à lui conter l'état de sa vie, & lui déclara ses péchés. Premièrement, lui conta comme par courroux, sa Mere l'avoit donné au Diable, en sa conception, dont il avoit grande peur, & comme après qu'il fut grand il battoit les autres enfans, comme il cassoit la tête à l'un, les bras ou les jambes à l'autre comme il avoit tué son Maître d'Ecole, parce qu'il vouloit le corriger & châtier; comme par sa malice il n'y eut depuis Maître si hardi qui l'osât prendre en gouvernement; de quoi il faisoit grande conscience parce qu'il avoit ainsi mal employé son temps sans rien apprendre, & après son Pere l'ayant fait Chevalier, tua plusieurs vaillans Chevaliers en la joûte par sa grande cruauté; après comme il s'en étoit allé par le pays, détruisant les Eglises, forçant les femmes mariées & violant les filles, comme il tua sept Hermites & pour abréger conta toute sa vie à l'Hermite, depuis le jour qu'il fut né jusqu'à cette heure, dequoi l'Hermite s'en émerveilla fort. Et néanmoins étoit joyeux de la grande contrition qu'avoit Robert de ses péchés; & quand ils eurent long-temps parlé ensemble, l'Hermite dit à Robert, mon fils, demeurez aujourd'hui ici avec moi, & demain matin au plaisir de Dieu je vous conseillerai ce que vous aurez à faire. Robert qui avoit été le plus terrible qui fut jamais sur terre, plus fier & orgueilleux qu'un Lion, étoit alors plus doux & plus débonnaire que l'on eût jamais vu, le plus plaisant en tous ses faits; il avoit aussi belle contenance que jamais eut Prince. Il étoit tant las & matré de peine & de travail qu'il avoit enduré, qu'il ne pouvoit ni boire ni manger; puis se mit à genoux pour faire son oraison, & commença à prier Dieu dévotement, que par sa grande miséricorde le voulût garder de l'ennemi d'enfer, qu'il lui plût lui donner victoire sur lui. Quand il fut nuit, l'Hermite fit coucher Robert & une petite chapelle près de cet hermitage gentil & plaisant : l'Hermite ne cessa toute la nuit de prier Dieu pour Robert, auquel il voyoit si grande repentance, & l'Hermite fut si long en son Oraison qu'il s'endormit.

Comme l'Ange de Dieu annonça à l'Hermite la pénitence qu'il devoit donner à Robert le Diable.

TOut incontinent qu'il fut endormi par la volonté de Dieu, il songea, & lui fut avis qu'il ouit un Ange qui étoit envoyé de Dieu, & lui disoit, homme, Dieu te mande par moi, si Robert veut avoir & obtenir pardon de ses péchés, il faut qu'il contrefasse le fou & le muet, qu'il ne mange sinon ce qu'il pourra ôter aux chiens; & il faut qu'il soit en tel état sans manger tant qu'il plaira à Dieu de lui réveler, & qu'il aura fait pénitence de ses péchés, de telle manière se contiendra Robert sans parler ni manger comme il est dit.

Lors l'Hermite s'éveilla tout effrayé, pensa longnement sur son songe & quand il eut beaucoup pensé, il commença à louer & remercier Dieu de ce qu'il avoit pris pitié de son pécheur, puis se mit en oraison en attendant le jour; & quand il fut venu, il fut ému d'ardent amour envers Robert, l'appella & lui dit : mon ami, venez vers moi; & incontinent Robert s'approcha du Saint Hermite en grande contrition & repentir de tous ses péchés, se confessa; & après qu'il fut humblement confessé, l'Hermite lui dit, mon fils j'ai pensé à la pénitence qu'il vous convient de faire & d'accomplir, afin que vous puissiez obtenir grace & pardon envers Dieu de tous les péchés que vous avez fait. Vous contreferez le fou, & ne mangez rien, sinon ce que vous pourrez ôter aux chiens quand on leur aura donné à manger, & vous garderez de parler comme un muet; ainsi a été votre pénitence ordonnée à moi de par Dieu, & durant le temps de votre pénitence, vous ne ferez aucun mal à personne qui soit au monde vivant, & vivrez en cet état jusqu'à ce qu'il plaise à Dieu de vous faire savoir qu'il suffit. Et ces choses je vous recommande & enjoint de les faire accomplir expressément; car quand vous aurez fait votre pénitence il vous sera mandé de par Dieu que vous cessiez.

Quand Robert eut entendu ces choses, il fut fort joyeux remercia Dieu de ce qu'il étoit quitte & absous pour si peu. Il prit congé de l'Hermite, & s'en alla en grande humilite & dévotion, commençant son âpre pénitence, laquelle lui avoit enjoint l'Hermite : il lui sembloit qu'elle étoit trop petite & avoit commis du temps de sa jeunesse Dieu montra alors un beau miracle, & de sa grande bonté, quand un homme a été plus orgueilleux qu'un Paon, plus féroce qu'un Tigre, de tous maux & péchés plus rempli que tout homme ne fut, par sa grande miséricorde, en fait un innocent, humble, gracieux, doux & bénin comme un agneau. Toutes les conditions & moeurs changent ce mal en bien.

Comme Robert prit congé de l'Hermite, & s'en retourna à Rome faire sa pénitence.

AUssi-tôt Robert quitta l'Hermite ; que Dieu par sa grace le veuille conduire si bien qu'il puisse faire & accomplir sa pénitence en profit & salvation de son ame. Il marcha tant qu'il vint à Rome, y étant arrivé il se mit à parcourir toute la Ville, contrefaisant le fou, mais dans le peu de chemin qu'il fit, plusieurs enfans qui croyoient qu'il étoit fou, tous ensemble aboyoient, couroient après en se mocquant de lui, en lui jettant des vieux souliers, & alloient criant après faisant grand bruit par les rues. Les gens de Rome qui le voyoient s'en mocquoient & crioient ; car c'est la coutume de rire plutôt d'une grande folie que d'une grande sagesse. Robert voyoit plus de gens autour de lui, que s'il étoit bien sage.

Quand il eut un peu marché par la Cité de Rome, il arriva qu'un jour il se trouva auprès de la maison de l'Empereur, parce que la porte étoit ouverte, il entra dedans & se promena par la Salle, tantôt alloit fort & tantôt doucement, puis courroit & s'arrêtoit tout-à-coup, car il ne demeuroit guere en place. L'Empereur qui étoit là prit garde, vit les manières de Robert ; puis il dit à un des Ecuyers, en parlant de Robert : Voyez le plus bel Ecuyer que j'aie jamais vu, car il a beau corps & bien formé, faites-lui donner à manger, appellez-le, faites-le bien servir. L'Ecuyer l'appella, mais Robert ne répondit mot: on le fit asseoir à table, & ne voulut ni boire ni manger, combien qu'on lui en présentât assez; tous ceux qui étoient présens s'émerveilloient de ce qu'il faisoit si mauvaise chere, & ne vouloit rien manger durant qu'il étoit à table. L'Empereur avisa un chien qui étoit à table, & qui étoit blessé d'un autre chien qui l'avoit mordu, lequel se mit à ronger un os.

Quand Robert vit le chien tenir l'os, incontinent il sortit de la table où il étoit assis, & courut vers lui, & fit tant qu'il prit l'os; le chien voulut se revancher; mais là vous eussiez vu beaucoup de déduit; car Robert & le chien tiroient chacun par un côté; & Robert étoit couché par terre, mangeant à un bout & le chien à l'autre.

Il ne faut pas demander si l'Empereur & tous ceux qui étoient là présens étoient aises de voir le déduit de Robert envers le chien; mais toutefois Robert fit tant qu'il ôta l'os de la gueule du chien & commença à manger, car il avoit grande faim, parce qu'il avoit été long temps sans manger. L'Empereur qui regardoit toutes ces choses, connoissant que Robert avoit faim, jetta à un autre chien un pain entier: mais incontinent Robert lui ôta, puis le rompit, & en donna au chien; cela étoit par droit de raison; car le chien avoit eu le pain. L'Empereur commença à rire quand il vit cela, puis il dit à ses gens: nous avons céans le plus nouveau fou & le plus vaillant que je vis jamais de ma vie, qui ôte ainsi le pain aux chiens pour le manger, c'est pourquoi on peut bien connoître sa folie, je crois qu'il ne prend ni ne mange rien que par le moyen des chiens, & afin que

Robert pût manger son saoul, tous ceux de la maison de l'Empereur donnoient à manger en grande abondance aux chiens, & on leur donna tant à manger que Robert en fut saoul, puis après il commença à se promener par la Salle, tenant son bâton en main, avec lequel il frappoit contre les bancs & murailles comme s'il fut fou. Et en se promenant par la Salle, il trouva une porte qui donnoit sur un beau verger, où il y avoit une fontaine qui traversoit ledit verger, Robert qui avoit une très grande soif, y fut étancher sa vive altération.

Quand la nuit s'approcha, Robert se tint auprès d'un chien qu'il suivoit par-tout où il alloit : le chien qui avoit coutume de coucher sous un dégré y retourna coucher : Robert qui ne savoit où il devoit reposer fut se coucher auprès du chien pour y passer la nuit. L'Empereur qui examinoit tout, eut pitié de Robert, & commanda de lui apporter un lit & de le bien coucher. Alors deux serviteurs apportèrent incontinent un lit; mais Robert ne voulut pas que le lit demeurât, mais il fit signe qu'on le reportât, aimant mieux coucher sur la terre que sur le lit qui étoit mol, & fit signe à ceux qui étoient là de s'en retourner, ce qui étonna beaucoup l'Empereur, & de rechef commanda qu'on apportât du foin à grand foison, pour mettre sous Robert qui, étant las & rompu, se coucha pour dormir & se reposer.

Pensez & considérez quelle vertu de patience il y avoit en Robert; car celui qui auparavant avoit coutume de coucher en un lit mol, bien enveloppé de beaux linceuils fins, en chambre bien parée ou tapissée, de boire d'excellens vins & breuvages délicats, mangeant viande exquise comme son état appartenoit étoit changé, tant qu'il lui falloit boire & manger coucher & lever avec les chiens, comme vous avez oui. Chacun le vouloit appeler Monseigneur, & lui faire honneur, comme le plus redoutable qui fut sur la terre. Alors chacun l'appelloit fol, & se mocquoit de lui, & n'en tenoit point compte. Hélas! quelle douleur pouvoit avoir Robert, quand il étoit contraint de souffrir & endurer de telles choses, mais à un homme patient, on ne peut lui faire injure ni honte, car qui est rempli de vertu ne peut être déçu: c'est un mérite à l'homme de souffrir & porter en patience les injures & les opprobres qu'on lui fait injustement en ce monde, car en l'autre il obtient la grace & l'amour de Dieu, & bien souvent accroissent en lui les vertus, honneurs & richesses.

Robert vécut long-temps en cet état. Et le chien qui connoissoit que pour l'amour de Robert on lui donnoit plus à manger qu'à l'ordinaire & qu'en sa faveur on ne lui faisoit point de mal, fut épris aussi-tôt d'amitié pour lui, & à toute heure du jour, il lui faisoit fête & le carressoit.

Comme le Sénéchal de l'Empereur assembla grand nombre de Sarrasins pour faire la guerre à l'Empereur de Rome, parce qu'il ne vouloit pas lui donner sa fille en mariage.

DUrant le temps que Robert étoit à Rome, faisant sa pénitence, laquelle étant achevée comme il plut à Dieu, lequel prend pitié du pécheur quand de bon cœur il retourne à lui en lui demandant pardon de ses péchés: Robert qui étoit purgé de tous ses vices & énormes péchés, & au lieu d'iceux étoit orné de belles vertus, & avoit demeuré à Rome l'espace de sept ans ou environ, contrefaisant le fou

& le muet en la maison de l'Empereur qui avoit une fille qui étoit muette, & jamais n'avoit parlé.

Et nonobstant cela le Sénéchal de l'Empereur, qui étoit puissant homme, l'avoit souvent fait demander & la vouloit avoir pour femme; mais l'Empereur connoissoit qu'il auroit fait honte à son lignage, parquoi il n'y voulut consentir, dont le Sénéchal fut mal-content contre l'Empereur, & eut grand deuil, songeant en lui-même qu'il lui feroit la guerre & commença le Sénéchal à assembler grande puissance pour faire la guerre à l'Empereur car il lui sembloit bien que par la force il auroit bien-tôt toute la terre de l'Empereur; il fit grand amas de Sarrasins, & avec toute sa compagnie, vint auprès de la Ville de Rome & voulut l'assiéger, ce qui étonna beaucoup l'Empereur. Et alors il appela tous les Barons de son Conseil, & toute la Chevalerie, & prit Conseil avec eux, disant : Seigneurs, avisons ce que nous pouvons faire contre ces misérables Sarrasins qui nous viennent assiéger & faire outrage, dont j'ai grande douleur, car ils viennent déjà tout le pays en leur subjection, & nous détruirons tous si Dieu par sa grace & miséricorde ne nous aide. Je vous prie d'inventer quelque moyen pour les détruire, & qu'avec force & puissance nous les allions assaillir & réveiller, afin que nous puissions les garder de séjourner plus longuement.

Alors les Barons Chevaliers qui étoient tous consentans, dirent : Sire, vous avez sagement parlé, nous sommes tous d'accord & prêts de défendre tous vos droits, & nous ferons tant qu'au plaisir de Dieu, nous les ferons tous mourir de mal mort & maudiront l'heure qu'ils entrèrent dans cette Terre.

L'Empereur fut joyeux de la réponse de Barons

& incontinent fit crier par la Cité de Rome, que tous les hommes qui pourroient porter les armes, s'armassent pour se mettre en point, afin d'assaillir les Sarrasins, & les faire tous mourir. Et incontinent après les clameurs, chacun fut auprès de l'Empereur pour l'accompagner; étant ensemble en belle ordonnance furent assaillir les Sarrasins, & l'Empereur y étoit en personne. Et quoique la puissance des Romains fut grande, ils auroient été défaits, si Dieu ne leur eût envoyé Robert pour les secourir.

Comme Dieu envoya un Cheval par un Ange, & des armes blanches à Robert pour aller secourir les Romains.

QUand le jour fut venu que l'Empereur & les Romains devoient avoir journée avec les Sarrasins, gens du Sénéchal, ainsi que Robert alla à la Fontaine, comme il avoit accoutumé pour boire, vint une voix du Ciel qui parloit doucement, disant: Robert, Dieu te mande qu'incontinent tu t'armes de ces armes blanches, que tu monte sur ce cheval que je t'amène, & que tu aille secourir l'Empereur. Robert ne put contredire au commandement que l'Ange lui fit incontinent il s'arma d'armes blanches que l'Ange lui avoit apportées, & monta sur son cheval. La fille de l'Empereur, de qui vous avez oui parler, étoit aux fenêtres par lesquelles on pouvoit voir dans le Jardin où est la Fontaine, elle vit comme Robert s'étoit déguisé, si elle eut pu parler elle n'auroit pas manqué de le reveler, mais elle étoit muette. Robert ainsi armé & monté, s'en fut en l'ost de l'Empereur que les Sarrasins tenoient de bien près; car Dieu & Robert n'y eussent ouvrés, mais

mais quand Robert y fut, il se mit en la plus grande mêlée de Sarrasins, & commença à frapper à droite & à gauche sur les ennemis. Là vous eussiez vu trancher têtes, couper bras, & faire tomber gens & chevaux par terre. Il ne perdit pas un coup, qu'il ne mit à mort de ces Sarrasins. Ainsi Robert elle en travailla, que le champ de bataille demeura à l'Empereur

Comme après que Robert eut défait les Sarrasins, il s'en retourna à la Fontaine.

LOrsque le champ & l'honneur de la journée furent ainsi demeurés à l'Empereur à l'aide de Robert, il retourna tout armé sur son cheval à la fontaine & se désarma, puis mit ses armes sur son cheval, incontinent il s'évanouit & demeura seul. La fille de l'Empereur qui voyoit ceci, s'émerveilloit, & l'eût volontiers dit, mais elle ne savoit dire mot, & n'avoit jamais parlé.

Robert avoit le visage tout égratigné des coups qu'il avoit reçu à la bataille, & autre mal n'en avoit apporté. L'Empereur fut joyeux, & remercia Dieu de ce qu'il lui avoit donné la victoire contre ses ennemis, retourna en son Palais, & quand il fut l'heure du souper, Robert se présenta à l'Empereur ainsi qu'il avoit accoutumé, contrefaisant le fou & le muet ; l'Empereur qui volontiers regardoit Robert, connut qu'il étoit blessé, & voyant son visage ainsi tourné, il croyoit que ce fût aucun des serviteurs, & tout courroucé, dit : il y a céans des mauvaises gens ; car tandis que nous avons été à la guerre, ils ont battu ce pauvre homme & ont fait grands péchés, car ne dit ni fait mal à personne du monde ; mais il est débonnaire & de bonne affaire autant qu'homme pourroit, & crois qu'il doit être fort. Lors un Chevalier dit : tandis que nous avons été en bataille, les gens qui sont ici demeurés lui ont fait cela : alors l'Empereur défendit à tous ses gens qu'ils ne fussent si hardis de le toucher, puis interrogea les Chevaliers, s'il n'y avoit nul qui sût qui étoit le Chevalier par lequel ils avoient été secourus ; & sans lequel ils étoient perdus. Je ne sais, dirent-ils, qui il peut être ; mais si ce n'eut été lui, nous étions tous déshonnorés ; c'est le plus vaillant & hardi Chevalier que jamais on vit ; tel qu'il soit, il a en lui grande hardiesse. Lors la fille qui entendoit, s'approcha de son père, lui fit signe que par Robert ils avoient eu du secours. l'Empereur n'entendoit pas le patois de sa fille, ni ce qu'elle vouloit dire, parce qu'elle ne pouvoit ni parler ni articuler ses paroles, sinon par signes ; il fit venir la Maîtresse de sa fille devant lui, pour savoir ce qu'elle vouloit dire. La Maîtresse entendit ce que sa fille disoit, & l'expliqua à l'Empereur en cette sorte : la fille veut dire que ce fou a tant fait, que si ce n'eût été lui, vous eussiez été vaincus, & vous eussiez perdu la bataille & que par lui avez eu victoire contre vos ennemis, & qu'en telle façon il a combattu, qu'il a gagné la victoire. Alors l'Empereur se prit à rire, & se moqua de ce que la Maîtresse disoit, & de cela se courrouça, en lui disant : vous la dussiez enseigner en bonnes mœurs, mais vous la gâtez, & si vous ne pensez autrement, je vous ferai dolente, car ce seroit grand abus que de penser que ce fou qui est innocent, eût ce fait avec une telle vigilance, vu qu'il n'a ni force ni puissance? Et quand la Pucelle entendit ainsi parler son père, elle se retira & s'en fut, quoi qu'elle fut bien comme la chose étoit arrivée ; & aussi la Maîtresse qui eut grande peur des paroles de l'Empereur. Et pourtant cette chose demeura ainsi jusqu'à une autre fois que le Sénéchal ayant été une fois déconfit, eût fait grand amas de ses gens & vint de rechef assiéger Rome & de fait il eut défait les Romains, si ce n'eût été le Chevalier qui autrefois les avoit secourus, lequel vint secourir l'Empereur par le commandement de l'Ange, comme la premiere fois il avoit fait & si vaillamment qu'il battit tous les Sarrasins, car il n'y avoit si hardi qui l'osât attendre, menant tous les ennemis devant lui comme un loup fait à un troupeau de brebis, dont le monde s'ébahissoit, car il frappoit cette canaille comme un Diable, & le détranchoit comme le boucher fait la chair à la boucherie ; car nul n'échappoit à ses mains, tant fût-il hardi ; chacun des gens de l'Empereur prenoit garde à ce Chevalier : mais quand la bataille fut finie, nul ne put dire ce que le Chevalier devint ; hors seulement la fille de l'Empereur, qui vit comme Robert se désarma ainsi que l'autre fois, & tint le secret jusqu'à la tierce fois.

Comme Robert gagna la troisième bataille où tous les Sarrasins furent tués.

PEu de tems après, l'ost des Sarrasins retourna à plus grande puissance que jamais devant la Cité de Rome, dont le malheur en prit, car ils demeurerent tous par Robert, mais devant que l'Empereur les allât combattre, il manda ses Chevaliers & les pria que si le Chevalier blanc revenoit, ils missent peine de le prendre, & qui sût de quelle nation il étoit ; alors les Chevaliers dirent qu'ils le feroient.

Et quand la journée fut venue, un grand nombre des meilleurs Chevaliers de l'Empereur s'en allèrent en un bois en embuscade pour essayer de prendre le le Chevalier blanc; mais ils perdirent leurs peines, car ils ne purent savoir d'où il étoit; mais quand ils le virent batailler, tous sortirent du bois, & là eussiez vu grands coups donner, harnois reluire, trompettes & clairons sonner pour épouvanter les Sarrasins, & lances rompre, & tuer gens & chevaux, c'étoit plaisir à les regarder. Robert qui étoit venu là sur son cheval blanc & armes blanches, se mit au plus fort de la mêlée comme celui qui ne doutoit rien, car depuis qu'il fut arrivé, nul, tant fut hardi, n'osoit l'attendre a cause des grands coups qu'il donnoit, car il frappoit d'estoc & de taille, & ne perdoit pas un coup, car à chaque coup qu'il donnoit, vous eussiez vu aller un de ses ennemis par terre : à l'un il rompoit la tête & à l'autre les reins, & là demeuroient tous morts.

Car avec cela il frappoit sur eux & donnoit courage aux Romains, toujours les rallioit ensemble. De la grande joie que les Romains avoient de voir ainsi besogner Robert contre cette canaille, la force leur croissoit tellement qu'avec Robert, tous les Sarrasins furent défaits, de quoi on mena grande joie parmi la Cité de Rome.

Comme un des Chevaliers de l'Empereur mit un fer de lance dans la cuisse de Robert.

QUand la journée fut passée & la bataille gagnée, chacun s'en retourna en son Hôtel, & Robert s'en voulut retourner à la Fontaine du Verger pour se désarmer, comme il avoit accoutumé de faire, mais les chevaliers qui étoient retournés en embuscade au bois dessus dit, sortirent tous ensemble, disant : Seigneur Chevalier, parlez à nous, s'il vous plait, qui êtes-vous ? & de quel pays & contrée ? Quand Robert les ouït parler, il fut tout ébahi, & se prit à piquer son cheval, courir & fuir pour ne point être connu, & fit tant qu'il échappa desdits Chevaliers, & nul d'eux ne savoit ce que devint Robert, hors un, lequel le suivit de fort près, tenant une grande lance en sa main, de laquelle il le frappa tellement en la cuisse que le fer demeura en la plaie ; mais pourtant ne pouvoit-il savoir qui étoit le Chevalier aux armes blanches ; ainsi lui échappa Robert qui vint à la Fontaine & se désarma ; il mit les armes sur son Cheval ainsi qu'il avoit accoutumé, & incontinent il ne sut ce que devint le Cheval ni sa lance, mais demeura seul navré de la lance, dont il sentoit grande douleur, il tira lui-même le fer de sa cuisse & le cacha entre deux pierres à la Fontaine ; il ne savoit où aller pour adoubler sa plaie, de peur d'être connu, si se prit lui-même à l'adoubler, & prit l'herbe & la mit dessus, puis amassa grande quantité de mousse, de laquelle il enveloppa sa plaie tout autour afin que l'air n'entrât dedans : la fille de l'Empereur qui étoit aux fenêtres, voyant tout cela bien le retint, & comme elle connoissoit Robert qui étoit beau & vaillant Chevalier, elle le mit en son cœur, tant que ce fut merveille, & commença à l'aimer ; on ne savoit homme vivant qui étoit le Chevalier aux armes blanches. Quand Robert eut bien adoublé sa plaie, il vint à la Cour pour avoir à souper ; mais il clochoit fort pour le coup qu'il avoit reçu, nonobstant qu'il se gardoit de clocher le plus qu'il pouvoit : tantôt après le Chevalier qui avoit blessé Robert arriva, lequel raconta à l'Empereur comme le Chevalier leur étoit échappé, & comme il l'avoit blessé, dont il étoit tout courroucé, & dit : je crois que c'étoit chose spirituelle & non pas mortelle, car il ne dit mot, & ne m'a pas voulu répondre : je prie Dieu qu'il ne se reconforte là où il soit, car il étoit fort blessé, mais Sire, voici ce que vous ferez : si vous me voulez croire, & si vous voulez savoir au tems bref, qui est le Chevalier aux armes blanches, c'est que vous fassiez crier par toutes vos Villes, Cités & Châteaux, que s'il y a un Chevalier qui aye armes blanches & cheval blanc, qu'il vienne vers vous & qu'il apporte le fer de la lance dont il a été blessé en la cuisse & qu'il montre sa plaie, que vous lui donnerez la moitié de votre Empire. Quand l'Empereur entendit ainsi parler le Chevalier, il fut joyeux & dit qu'il avoit sagement parlé, & incontinent il fit publier par tout son Empire ce que ce Chevalier avoit dit.

Comme le Sénéchal se mit un fer en la cuisse pour avoir la fille de l'Empereur.

LES criées faites & publiées vinrent en la connoissance du traître Sénéchal, qui aimoit tant la fille de l'Empereur, qu'il ne pouvoit avoir par sa trop grande outrecuidance, & pour l'amour d'elle avoit de folles entreprises, desquelles toujours il se trouvoit déçu & marri : après qu'il eut ainsi oui les criées, il s'avisa d'une fort grande malice qui lui tourna depuis à grand déshonneur ; car incontinent il fit chercher un cheval blanc, lances & armes blanches, & il prit un fer de lance qu'il mit dans sa cuisse en grande douleur & angoises, mais pour parvenir à être Empereur il endura patiemment ce mal, & aussi pour avoir la fille de l'Empereur, dont il étoit amoureux, & où il avoit fait grande folie, car il n'avoit garde de l'avoir, ainsi c'est mal fait à ceux qui veulent maintenir pendant leur vie leurs folles amours; car à la fin, mal douleur & honte en vient. Après cela, le Sénéchal fit armer tous ses gens, & les fit mettre sur les champs pour l'accompagner, & tant chevaucha qu'il arriva à Rome en grand triomphe : il étoit bel homme, grand & puissant; mais il étoit si fier & si orgueilleux qu'au monde n'y avoit son pareil.

En tel état vint le traître Sénéchal à Rome sans séjourner, se montrer à l'Empereur en lui disant : je suis celui qui vous a si vaillamment trois fois secouru, & qui tant de gens ai fait mourir pour l'amour de vous. Alors l'Empereur qui ne pensoit pas à la trahison, répondit : vous êtes bon prudhomme & hardi; mais j'eusse bien pensé le contraire, car on vous tient pour un Couard. Alors le Sénéchal tout courroucé dit : Sire, ne soyez pas ébahi de cela, car je n'ai pas encore le cœur si failli qu'on croit. Et en disant ces paroles, il tenoit un fer de lance, qu'il montra à l'empereur, puis il découvroit la plaie qu'il s'étoit faite lui-même en la cuisse. Le Chevalier qui avoit blessé Robert étoit là présent : quand il vit le fer que le Sénéchal montroit, il se prit sur le champ à sourire, car il connoissoit bien que ce n'étoit pas son fer, toutefois de peur d'avoir éclat, il ne dit mot.

Comme la fille de l'Empereur commença à parler.

ET quand l'Empereur & sa noble Baronnie qui étoit assemblée, furent à l'Eglise où le Sénéchal devoit épouser la fille de l'Empereur, qui n'avoit jamais parlé, Dieu montra un beau miracle pour exaucer le sage & prudhomme Robert duquel on ne tenoit compte. Ainsi que le Prêtre vouloit commencer le Divin service pour épouser la Pucelle au Sénéchal, par la grace de Dieu, la fille commença à parler & dit à son père : vous êtes bien simple de croire cet orgueilleux ; car tout ce qu'il dit n'est que mensonge ; céans il y a un homme saint & dévot, qui par sa bonté & son mérite, Dieu m'a rendu la parole, dont je suis grandement tenue à lui ; car il y a long-tems que j'ai connu les grands biens qui sont en lui, & toutefois jamais ne m'en a voulu croire pour signes que j'aye fait.

Et quand l'Empereur ouït ainsi parler sa fille, qui n'avoit jamais parlé, il fut tout ravi, & reconnut toute la tromperie, & qu'il n'étoit pas vrai ce que le Sénéchal lui avoit dit, & se courrouça, disant qu'il l'avoit trahi. Le Sénéchal monta à cheval & s'enfuit tout honteux & tout hors de sens. Le Pape qui étoit là, demanda à la fille qui étoit celui duquel elle parloit. Lors elle mena le Pape & l'Empereur son père à la Fontaine à laquelle Robert s'armoit & désarmoit : elle chercha entre deux pierres où Robert avoit caché le fer de la lance : & incontinent lui apporta le fer de ladite lance, car le fer étoit bien proprement joint au bois, & le bois au fer, aussi-bien que si jamais n'eût été brisé ; puis la fille dit au Pape, encore y a-t-il une chose, car en ce propre lieu a été trois fois armé celui par lequel nous avons été trois fois secourus & délivrés des mains de nos ennemis ; car j'ai vu trois fois son cheval & ses armes ; par trois fois je l'ai vu armer & désarmer, mais je ne saurois bonnement dire où le Chevalier alloit, ni d'où il venoit, ni qui lui donnoit armes & harnois, mais je sais bien qu'incontinent il s'en venoit avec ses chiens ; tout ce que je vous dis est pure vérité, & ainsi le démontrois par signes, mais on ne vouloit pas me croire ; & alors la fille retourna son langage vers l'Empereur, disant, c'est celui qui a si bien gardé & vaillamment défendu votre honneur, par quoi il est raisonnable que par vous il soit récompensé, & s'il vous plaît, nous irons lui parler. Lors le Pape, l'Empereur & sa fille, avec la Baronnie vinrent vers Robert lequel ils trouvèrent couché au lit des chiens, & tous ensemble le saluèrent, mais Robert ne leur répondit rien.

Comme l'Hermite trouva Robert auquel il commanda de parler, & lui dit que sa pénitence étoit accomplie.

L'Empereur donc commença à parler à Robert & lui dit, viens-ça, mon ami, je te prie, montre-moi ta cuisse, car je la veux voir.

Et quand Robert l'entendit ainsi parler, il sut bien pourquoi il disoit cela ; il faisoit semblant de ne point l'entendre, puis prit une paille & commença à la rompre entre ses mains comme par mocquerie en pleurant. Alors il fit maintes folies pour faire rire le Pape & l'Empereur, & aussi maints ébattemens pour les faire parler, & dire quelque chose nouvelle. Alors il lui parla, le conjura, & lui dit : je te commande si tu as puissance de parler, que tu parles à nous, mais Robert se leva en contrefaisant le fou & en faisant celà il regarda derriére lui, & vit venir l'Hermite auquel il s'étoit confessé ; aussi tôt que l'Hermite l'apperçut, il lui dit à si haute voix que chacun pouvoit l'entendre : mon ami, entendez-moi. Je sais bien que vous êtes Robert, lequel se nommoit le Diable, vous êtes maintenant agréable à Dieu, car au lieu de Diable, vous aurez nom homme de Dieu, vous êtes celui par lequel cette contrée est délivrée des mains des Sarrasins ; je vous prie, qu'ainsi que vous avez accoutumé d'honorer & prier Dieu, lequel m'a envoyé ici & vous mande par moi que désormais, sans contrefaire le fou, car ainsi est son plaisir ; il vous a pardonné & remis tous vos péchés, parce que vous avez fait une penitence suffisante ; aussi-tôt Robert se mit à genoux humblement & leva les mains vers le Ciel, disant : Souverain Roi des Cieux, puisqu'il vous a plu me pardonner mes péchés, soyez loué, honoré & beni. Quand la fille & tous ceux qui étoient là présens entendirent le beau langage de Robert, ils furent tous émerveillés, car il leur sembla si beau, si doux & si précieux d'esprit & de corps, que c'étoit chose merveilleuse. Lors l'Empereur lui voulut donner sa fille en mariage par les grands biens & vertus qu'il connoissoit en lui : l'Hermite qui étoit là n'y voulut jamais consentir, parquoi tous se divisérent, & s'en furent chacun dans leur Hôtel.

Comme Robert revint à Rome pour épouser la fille de l'Empereur.

APrès que Robert eut obtenu pardon de ses péchés, & qu'il s'en fut allé hors de Rome, Dieu lui fit annoncer trois fois par son Ange qu'il s'en retournât, qu'il épousât la fille de l'Empereur & qu'il en descendroit une noble lignée par qui la Foi seroit exaltée. Alors Robert fut à Rome & épousa la fille de l'Empereur en grand triomphe; il y eut honnorable & puissante assemblée, car tous demeuroient grande joie à la fête, nul ne se pouvoit soûler de regarder Robert, ils disoient tous, par lui nous sommes hors des mains de nos ennemis. La Fête fut si grande qu'elle dura quinze jours, & après qu'elle fut passée, Robert avec sa femme voulut retourner en Normandie pour visiter son père & sa mère, demanda congé à l'Empereur, lequel lui donna des gens pour l'accompagner, & lui donna de beaux riches dons en or, argent & pierres précieuses.

Lors Robert & sa femme prirent congé de l'Empereur & de ceux de Rome, & se mirent en chemin pour aller en Normandie; tant cheminèrent, qu'ils arrivèrent en la Ville de Rouen, où ils furent reçus en grand triomphe, car les Normands étoient en grand déconfort, parce que le Duc, père de Robert étoit mort, & étoient demeurés sans Seigneur, dont ils étoient dolens, car c'étoit un Prince sage & de grand renom. Quand Robert & sa mère furent assemblés, il leur conta comme il s'étoit gouverné à Rome, & comme il avoit enduré beaucoup de maux en faisant pénitence, & puis comme l'Empereur lui avoit donné sa fille en mariage, & fait contre tout son gouvernement. Quand le Duchesse eut entendu ce que son fils lui avoit dit, elle commença à pleurer des peines & tourmens que son enfant avoit souffert.

Comme un Messager arriva devant le Duc Robert, & lui dit que l'Empereur lui mandoit qu'il l'allât secourir contre le Sénéchal.

CEpendant, comme le Duc Robert étoit à Rouen avec sa mère & sa femme, racontant ses aventures, il vint un jour qu'il arriva un Messager, que l'Empereur envoyoit à Robert. Le Messager étant descendu vint saluer le Duc, & lui dit : Seigneur, l'Empereur m'a envoyé vers vous, & vous prie de le venir secourir contre le Sénéchal, lequel s'est rébellé contre lui & vous. Quand Robert ouït ces paroles il fut mal content, & incontinent fit amasser plusieurs gens d'armes les plus vaillans qu'il put trouver en Normandie le plutôt qu'il put se mit en chemin lui & ses gens arrivèrent à Rome, & sans arrêter où étoit le Sénéchal qui déjà tenoit le Trône en sa subjection. & quand Robert apperçut le Sénéchal, il commença à s'écrier hautement, en lui disant : traître, tu n'échapperas pas, puisque tu es venu, car jamais tu ne t'en retourneras; puis lui dit : tu mis le fer de lance dans ta cuisse par tricherie ; or défends ta vie, puisque tu as tué mon Seigneur l'Empereur par trahison ; de tous faits il faut que je te récompense selon le démérite, & disant ces paroles par grande colère, il serra les dents & vint courant contre le Sénéchal, & lui donna un si grand coup de son heaume, qu'il se rompit, & lui fendit la tête jusqu'aux dents, puis abbattit sa visière, tellement que la cervelle lui tomba par terre. Le traître Sénéchal tomba mort sur la place. Robert le fit mettre en un lieu propre pour l'écorcher, afin qu'il fût mieux vengé de lui, & le fit faire devant ceux de Rome, & ainsi le fit mourir de mal mort, c'est pourquoi chacun connoîtra que c'est grande folie de désirer chose qui n'appartient avoir, car si le Sénéchal n'eût desiré la fille de l'Empereur, il ne fût pas mort ainsi, mais au contraire il fut toujours demeuré ami de l'Empereur.

Comme après que Robert eut fait écorcher le Sénéchal, le Duc retourna en Normandie.

QUand Robert eut fait écorcher le Sénéchal & mis en paix les Romains, il s'en retourna à Rouen avec sa compagnie, où il trouva sa mère & sa femme, laquelle mena grand deuil quand elle sut que l'Empereur étoit mort ainsi par le traître

Sénéchal : mais la Duchesse, mère de Robert, la reconfortoit, lui faisant tous les plaisirs qu'elle pouvoit penser pour lui procurer de la joie. Pour mettre fin à ce présent Livre, nous laisserons le deuil de la jeune Duchesse, & nous parlerons de Robert, lequel en sa jeunesse fut tout perverti, mauvais & enclin à tous vices, que c'étoit un prodige de malice, depuis il fut comme un homme sauvage, sans parler, comme une bête, ensuite exhaussé en noblesse & honneur, comme ci-devant avez ouï. Il vécut longuement & saintement avec sa femme, & en bonne renommée. Il eut d'elle un beau fils nommé Richard qui fit avec l'Empereur Charlemagne plusieurs grandes prouesses, & aida à accroître & exalter la Foi Chrétienne ; sans cesse il menoit guerre aux Sarrasins, & les détruisoit. Il vécut en grand honneur dans son pays comme son père Robert, car tous deux vécurent saintement jusqu'à la fin de leurs jours. Dieu par sa puissance nous veuille la grace qu'à la fin des nôtres, nos ames puissent voler avec eux dans la gloire éternelle, avec tous les Saints & Saintes du Paradis!

FIN.

EXTRAIT DE LA PERMISSION.

LOUIS, par la grace de Dieu, Roi de France & de Navarre, A nos amés & féaux Conseillers les Gens tenant nos Cours de Parlemens, Maîtres Requêtes ordinaires de notre Hôtel, Grand Conseil, Prévot de Paris, Baillifs, Sénéchaux, leurs Lieutenans Civils & autres nos Justiciers qu'il appartiendra, Salut : notre bien amé PIERRE GARNIER, Imprimeur-Libraire à Troyes, nous ayant fait supplier de lui accorder nos Lettres de permission pour l'impression de plusieurs Livres intitulés : *La belle Héleine, La Vie de Robert le Diable, Jean de Paris, La vie joyeuse & récréative de Tiel-Ulespiégle.* Nous lui avons permis & permettons par ces Présentes, de faire imprimer lesdits Livres ci-dessus spécifiés, en tel volume, forme, marge, caractére, conjointement ou séparément, & autant de fois que bon lui semblera, & de les vendre, faire vendre & débiter par tout notre Royaume pendant le tems & espace de trois années consécutives, à compter du jour de la présente permission : Faisons défenses à tous Imprimeurs, Libraires & autres personnes de quelque qualité & condition qu'ils soient, d'en introduire d'impression étrangère, &c. Car tel est notre plaisir.

Donné à Versailles le 19 jour de Mai, l'an de grace 1738. Et de notre regne le vingt-quatre.

Par le Roi en son Conseil. SAINSON.

Régistré sur le Registre IX de la Chambre Royale des Libraires & Imprimeurs de Paris. N. 348. fol. 26. conformement aux anciens Réglemens, confirmés par celui du 28 Février 1724. A Paris, le 14 Septembre 1738.

G. MARTIN, Syndic.

www.ingramcontent.com/pod-product-compliance
Ingram Content Group UK Ltd.
Pitfield, Milton Keynes, MK11 3LW, UK
UKHW020217200726
13856UKWH00004B/1460